제비꽃 설탕 절임

제비꽃 설탕 절임

에쿠니 가오리 지음
김난주 옮김

소담출판사

차 례

{   제비꽃 설탕 절임   }

{   제비꽃 설탕 절임   }

그 누구의 것도 아니었던 나

제비꽃 설탕 절임을 먹으면
단박에 나는 소녀로 돌아간다
그 누구의 것도 아니었던 나

꼬맹이

꼬맹이였다
건방졌다
늘 눈만은 크게 뜨고서
모든 것을 보리라고
생각했다

젖가슴

젖가슴이 커졌으면 좋겠다고 생각했다.
외국영화에 나오는 여자배우처럼.
하지만 그 시절에는
젖가슴이
사내의 오므린 손바닥에
그곳에 딱 맞는 크기의
부드럽고
싸늘한
도구란 것을 몰랐다.
젖가슴이 커졌으면 좋겠다고 생각했다.
사내를 위해서가 아니라.

지진

어젯밤에 지진이 났지요
그래서 계단을 뛰어 내려가
남편에게
무서워, 라고 했어요
남편은 벌써 잠이 들었는데
손을 내밀어 주었어요
그리고 리모컨으로 텔레비전을 켰지요
남편은 늘 그래요
그렇게 하면 상황을 알 수 있다고 생각하는 것이지요
품 안에 있는
내 가슴속은
모르면서

우리 집 욕조

알고 있어
수도꼭지로 다리를 뻗고 욕조에 몸을 담그면
왼쪽 대각선 뒤가 당신 집이란 걸

어슬렁어슬렁

이런 바보
내가 강아지라면
주인은 내게 그렇게 말하겠지요
됐으니까 여기서 잠이나 자
내가 강아지라면
주인은 내게 그렇게 말하겠지요
하지만 나는 강아지가 아니라서
그렇게 말해줄 사람을 찾아
어슬렁어슬렁
어슬렁어슬렁
거리고 말지요

아무것도 없는 장소에서

아무것도 없는 장소에서
언어가 태어나는 순간을
우리 둘이 목격했지요
그것은
새벽 버스를 타고 먼 동네로 떠날 때
파르스름하고 차가운 공기만큼이나 명료하고
그저 옳은 사건이었지요

놀이공원

캐러멜에 붙어 있는
남자아이용 사은품 같은 당신과
여자아이용 사은품 같은 내가 사랑을 했더니
갑자기 세계가 놀이공원이 되었지
문 닫는 시간 따위 누가 신경이나 쓴대?
오래도록
놀 수 있으리라 여겼는데

커밍 홈

그리고 나는 집으로 돌아간다
한밤을 달리는 택시의 창문을 조금 열고서
놀다 지친 몸
키스로 충만하고
정열의 말에 젖은
가슴속은 텅 빈 채

누가 그 사람에게

누가 그 사람에게
빼앗으려거든 모두 다 빼앗으라고 가르쳐주어요
손도 발도 머리칼도 입술도
신장도 간도 췌장도 비장도
목소리와 목, 핏줄 하나하나까지
벌거벗은 채 떨고 있는 아이까지도

깊은 밤 당신은 그곳에 있고

깊은 밤 당신은 그곳에 있고
왜인가 나는 이곳에 있네
개라면 짖을 수 있고
새라면 날아갈 수 있고
고양이라면 집을 버릴 수 있을 텐데

미끄럼틀님

미끄럼틀님, 이라고 엄마가 말했다.
미끄럼틀에 님을 붙이면 좀 이상하잖아
하고 아빠에게 말했더니,
왜, 여자답고 좋잖아
라고 아빠가 말했다.
아무튼
나는 미끄럼틀을 싫어한다.
겁쟁이라서.
미끄럼틀 난간을 잡고
살금살금 내려갔다.
엎드려 쭉 내려가는 아이들을 보면
소름이 끼쳤다.
당신은 알고 있었죠?
그래서 그 날, 당신 품에 안긴 내게
겁내지 않아도 돼
라고 말한 거죠?

조금도 변하지 않았어

때로
이제, 아무 상관 없어
하고 생각하곤 한다.
남자도
연애도
이제, 아무 상관 없다고
먼 옛날, 도서관 창가 자리에 앉아
그렇게 생각했던 것처럼

때로
건드리지 마
하고 생각하곤 한다
아무도
아무것도
내게 다가오지 말라고

먼 옛날, 뒤뜰의 시소 옆에서

그렇게 생각했던 것처럼

.

종이배의 추억

욕조에 종이배를 띄우고
흔들리는 촛불로 그것을 움직여주었던 남자를
온몸으로
아이처럼
사랑하고
신뢰했던
먼
밤

욕조에 종이배를 띄우고
온 세계를 일주시켜준 남자를
흐느껴 울듯
강아지처럼
사랑하고
신뢰했던
먼

밤

그 화려했던 선상 파티도
사람들도 샴페인도 음악도
달도 바다도 해파리도
종이배의
추억

아내

"아내"
그 바보스런 말의 울림
"지우개"
란 말과 닮았지
마침 비슷한 말의 무게

착각이었다 생각하려는데

착각이었다
생각하려는데
어린 내가 도리질을 한다
나는 다 봤는걸 뭐
라고 말한다.
나는 다 만져봤는걸 뭐
라고 말한다.
어린 내가 고집을 피워
당신에게 안겼는걸 뭐
라고 말한다.

화창한 햇살 속에서

화창한 햇살 속에서
난 그 교회 마당에
한 남자와 함께 서 있었지
저 가고일이 되고 싶어
라고 내가 말했더니
혼자서?
라고 남자가 물었다.
그리고 우리는 약속을 했다
언젠가 가고일이 되는 날에는
둘이
한몸이 되어
영원히
떨어지지 않는 가고일이 되자고
그때
왜 혼자서 가고일이 되지 못했을까?
그때라면

남자가 쫓아와 주었을지도 모르는데

화창한 햇살 속에서

둘이 함께

가고일이 되었을지도 모르는데

잠언 箴言

당신은 내 아이나 만들어야 했어
어린 내게는 손 대지 말았어야 했어

동물원

사실은
동물원에 가고 싶지 않았어
하지만
동물원에 가고 싶다고 할 수밖에 없었던
그날,
아빠도 아마
동물원에 가고 싶지 않았을 거야
동물원은 냄새 나고
걷다 보면 피곤하고
그리고 슬프잖아
사실은, 그날
동물원에 가고 싶지 않았어

바라보는 아이

바라보고 있었다
운동장을
선생님을
다른 아이들을
손으로 만질 수 있는
돌과
모래와
신발장과
구령대를
훨씬 친근하게 느꼈다
그런데도
바라보았다
운동장을
선생님을
다른 아이들을

주전자

주전자를 보고 있었지
집이란 불가사의함 속에서
아빠가 있고 엄마가 있어
평화롭고 햇살은 따스하고
행복하다 해도 좋은데
그저
주전자를 보고 있었어
텅 빈 몸으로
집이란 불가사의함 속에서

주전자 2

내가 주전자를 보고 있었다는 것을
당신은 아는 줄 알았어

톰

왠지 분위기가 톰이라서
톰 하고 남편을 불러보았지
톰은 나를 힐금 쳐다보면서
톰이 뭐야
란 표정을 지었어
하지만 톰이란 느낌이 들어서
나는 또
톰이라 부르고는
남편에게 딱 달라붙었지
나의
톰

잃다

너를 잃고 싶지 않아
당신은 말하지만
나를 잃을 수 있는 사람은
당신뿐
멀리 가지 마
당신은 말하지만
나를 멀리 보낼 수 있는 사람은
당신뿐
깜짝 놀랐잖아
당신 혹시
나를 잃어가고 있는 거야?

나는 립크림이 되어

당신을 지키고 싶어
햇살과 추위와 마른 공기로부터
당신 아내의 입술로부터

진실

아침에 혼자서 마시는 커피
비 내리는 날에는 비 맛이 나고
구름 낀 날에는 구름 맛이 나고
눈 오는 날에는 눈 맛이 나고
맑게 갠 날에는 환한 햇살 맛이 나고
오직 그 한 잔의 커피를 위해
살고 있는 기분

오후

풀 위
나뭇가지 아래
우리는 최대한 가깝게
마주하고
껴안은 채 앉았다
꽤나 넓은 공원인데
우리가 차지한 땅은 요만큼
당신 무릎 사이에 내 허리
내 무릎 사이에 당신 옆구리
하늘을 우러르고 눈을 감자
햇살이 눈꺼풀에 닿아 기분이 좋았다
난
햇살이 따스해서 기분이 좋아
라고 말했다.
그러자, 감은 눈꺼풀 위로
부드러운 입술이 내려왔다

부드럽고, 싸늘한

그래서 나는

입술이 훨씬 더 기분 좋아

라고 말했다.

아 아 아 아

당신의 그 입술이 목덜미로 내려와

니는 몸을 뒤로 젖히고

나뭇가지 위

풀 아래

저편 분수가 폭포로 보였다

당신 품 안에서

그날 엄마는 부엌에 있고

그날 엄마는 부엌에 있고
나는 선물 받은 각설탕 깡통에 올라
창밖을 내다보았다
당신은 아는 줄 알았지
나는 맨발이었어
깡통에는 제비꽃 그림이 그려져 있었지
당신 몰랐던 거야?
홀로 태어난 것을
그럼에도 이유도 모르는 채 살아왔던 것을
칭찬한 게 아니었어?

단련된 몸

내 몸은 부드러워
당신 아래에서
어떤 모양으로든 바뀔 수 있지
하지만
당신은 마음이 부드러워
내 말의 가시 따위는
모두 뻴아들이고 말지
폭력적으로 내지른 말조차
빨아들여 소화시키고 말지
과연 단련된 몸이야
건전한 영혼이고
도무지 당해낼 수 없어

또

끝없는 장소에 있었다
아무도 없고
풀 한 포기 나지 않은
허허로운 장소에

어른이 되어
세계는 질서를 찾았고
녹음이 풍요롭고 시원한 장소에서
나는 친구와 안심을 얻었다

그런데, 또

당신을 만나
이렇게 먼 곳까지 오고 말았다
풀 한 포기 나지 않은
이렇게나 황량하고

이렇게나 쓸쓸하고
이렇게나 망망한 끝없는 장소에
또

결혼 생활

반항기의 중학생과
시건방진 초등학생이
같이 살고 있는 것 같아
하지만
당신이 울면
나는 당신을 꼭 안아주고
내가 뭘 하든
당신은 내 곁에 있어주지

개와 고양이

늦은 밤
술에 취해 돌아오는 길에
토악질을 했지요
깔끔하게 샤워를 했는데
이불 속으로 파고들었더니
자고 있던 남편이
토한 냄새가 나
라고 하더군요.
개처럼 냄새도 잘 맡네
내가 그렇게 말했는데도
남편은 아무 대꾸가 없었어요
그래서 할 수 없이 나는
도둑고양이처럼 밤나들이를 하는 아내로군
이라고
혼자 중얼거리고는
잠이 들었어요

거기에 있어

길들여진 남자 따위는 싫어
통행금지 시간이 있는 남자도 싫고
나는 혼자서 여행을 떠날 거야
한없이 어디까지든 갈 거야
산과 바다와 사막을 건너
어린 시절에 그랬던 것처럼 결연하게
아무도 믿지 않을 거야, 하고 생각하면서
한없이 어디까지든 갈 거야
쫓아와도 소용없어
당신의 그 아름답고 모양새 좋은 팔이
절대 닿지 않는
그런 장소에서는
당신의 그 힘차고 해맑은 눈도
아무런 소용이 없을 거야
그런 장소에 있으면
길들여진 남자 따위는 싫어

통행금지 시간이 있는 남자도 싫고
당신이 그런 장소에 있는 동안
나는 지구를 네 바퀴나 돌았어

아빠에게

병원이란
네모나고 하얀 두부 같은 장소에서
당신의 목숨이 조금씩 깎여가는 동안
나는 남자의 품에 안겨 있었어요

지금 당신의 찻잔은 여기 있는데
당신은 어디에도 없군요

먼 옛날
엄마가 어쩌다 찻잔을 깨뜨리면
당신은 엄한 표정을 지으며
내게 말했죠
슬퍼해서는 안 돼
형태가 있는 것은 언젠가는 부서지니까
슬퍼하면 엄마를 책망하는 셈이라고
당신의 갑작스런

—그리고 영원한—

부재를

슬퍼하면 당신을 책망하는 셈이 될까요

그날

병원 침대에서

이제는 지쳤다고 말하는 당신에게

사실은

그만 길을 떠나도 좋다고

말해주고 싶었어요

그러지 못했지만.

그 조금 전에

담배를 피우고 싶다던 당신에게도

사실은

그냥 피우라고

말해주고 싶었어요

곧 먼 길을 떠날 테니까
라고.
그러지는 못했지만.

미안해요.

안녕,
저도 곧 갈게요.
지금은 아니지만.

따분함

나가서 놀다 올게요
라 하고서
밖으로 나왔지만
뭘 하면 좋을지 몰라
담벼락에 기대어
서 있었다.
세상을 등지고
나 홀로였다
그날.
부전나비와 도마뱀만이
조금은
친구였다.

아메리칸 바의 버찌

달랑 버찌 하나로
평생을 살아갈 수 있으리라 생각하나요?
가령 그 하나에
수억의 밤이 갇혀 있고
이 세상 모든 진실이 담겨 있다 해도
달랑 버찌 하나로

아메리칸 바의 버찌 2

이왕 이렇게 된 거
달랑 버찌 하나로
과연 평생을 살아갈 수 있을지
도전해볼래요?

설사
번 존스와 윌리엄 모리스와 로세티에게
무모하다 웃음을 산다 해도
난
당신과 무언가에
도전하는 게
아주 좋거든요
그 일이 나다운 것이라면
더욱이

포니테일

작년 크리스마스에
엄마가 화분을 선물해주었어요
포니테일이란 이름의
가느다란 이파리가 매끄럽게 구부러진
아름다운 초록 나무였지요
내가 화분 죽이기의 명수라는 것을
엄마는 늘 잊어버리나 봐요
엄마와 나는
많이 닮지 않았어요

남편에게

우린

늘 폭죽을 남기죠

왜 그럴까요

신이 나서 마당으로 나서지만

마당에는 모기가 들끓고

당신은 솔직히 어서 방으로 돌아가

텔레비전을 보고 싶은 거죠

남은 폭죽은 겨울까지 그대로

겨울 어느 밤

갑자기 생각나

그제야 모두 불을 붙이죠

늘

하지만 우린

여름이 오면 또 폭죽을 사죠

신이 나서 마당으로 나가죠

참 이상하죠

다섯 살

사탕으로 엮은 목걸이와
꽃다발 모양 초콜릿은
예쁘지도 않고
별맛도 없다는 것을
알고 있었죠
하지만
좋아했어요
사탕으로 엮은 목걸이와
꽃다발 모양 초콜릿은
사랑받고 있음의 증거

아홉 살

엄마와 정육점에 갈 때마다
나는 간에 넋을 잃었다
유리 케이스 앞에 우뚝 서서

케이스 안에 있는 그것은
젖어 매끈매끈하게 빛났다
시원하고
기분 좋게

저거 먹고 싶어
저거 만져보고 싶어
라 하면 엄마는 얼굴을 찌푸렸다

엄마는 절대 간을 사지 않았다
그러고는
너 참 잔인하다

라고 말했다

MAGIC

나는
당신을 위해
향기를 고르죠
MAGIC
이란 이름의 보디로션을
당신의 손가락과
입술이
닿을 곳에 듬뿍
발라두어요
당신의 체온으로 피어오르도록
우리의
달콤한
시간을 위해
기억을 위해
수많은 비밀을 위해
냄새, 가 남으려나

하고 신경을 쓰든
그건
당신 문제지요

에페르네의 호텔 방에서

에페르네의 호텔 방에서
새들 지저귀는 소리에 잠이 깨어
창문을 열고
나는 홈, 이라고 중얼거렸다
나는 홈과 함께 여행을 하고 있다
당신과 함께
내가 돌아갈 장소와 함께

어젯밤 동생과

어젯밤 동생과 술을 마셨다
페르마타라는 바에서.
그 바에 나는
전에도 몇 번 간 적이 있었다.
얼굴선이 곱고
유난히 솔직한 남자와.
그 남자와 나는 사랑을 나누고
사전도 만들 만큼 많은 언어로 얘기를 나누고
야만스럽고 감미로운 멋진 섹스를 하고
죽어도 헤어지지 말자고 말했다.
그건 그렇고
어젯밤 그 바에서 동생과
오랜만에 술을 마셨다.
둘이서 과일 칵테일을 두 잔씩 마시고
딸기를 먹었다.
동생은 배가 고프다고

샐러드와 소시지와 스파게티도 먹었다.

동생은 연애를 하고 있다고 말했다.

옛날에 그 남자는 자전거 여행을 했다고 한다.

밤중에 동생에게 전화를 걸어

그 여행 얘기를 했다고 한다.

통화를 하면서 동생은 지도를 펼쳐놓고

그 남자가 여행한 길을 더듬어

표시를 했다.

좋겠다

고 나는 말했다.

좋아하는 남자와 사귀고,

함께 생활하는 것은 즐거운 일일 거야.

동생은 그 남자와 요쓰야를 걸었던 얘기를 했다.

요쓰야에서 남자와 메밀국수를 먹고

강둑을 거닐었다고 한다.

좋겠다

나는 다시 한 번 말했다.

달리 무슨 말을 할 수 있을까.

우리는 캐나다 피아니스트의 연주를 듣고 돌아오는 길이었고

음악 덕분에 기분이 좋았다.

그날 밤, 피아니스트는

앙코르에 네 번이나 답했고

그중 한 번은 왼손만으로

멋진 연주를 했다.

오늘 밤 일을 시로 써도 괜찮을까?

왜 있잖아, 카버처럼.

내가 묻자

동생은 금방

응 괜찮아

라고 대답했지만

카버를 읽은 적이 한 번도 없을 동생은

그런데 그게 누군데?

하고 물었다.

겨울밤이었다.

창밖은 도쿄 전체가 내다보이는 야경이고

바텐더는 몇 번이나 오가며

재떨이를 바꿨다.

어젯밤 동생과

페르마타란 바에서.

키스

새벽녘 골목길에서 키스를 했지요
시트 사이에서 키스를 했지요
국경의 다리 위에서 키스를 했지요
공항에서 키스를 했지요
욕조에서 키스를 했지요
걸으면서 키스를 했지요
웃으면서 키스를 했지요
술에 취해 키스를 했지요
잠이 덜 깬 눈으로 키스를 했지요.
해변에서 키스를 했지요
색소폰을 들으면서 키스를 했지요
버스를 기다리면서 키스를 했지요
햇살 속에서 키스를 했지요
미술관에서 키스를 했지요
텐트 속에서 키스를 했지요
놀이공원에서 키스를 했지요

게를 먹으면서 키스를 했지요
배 위에서 키스를 했지요
운동장 옆에서 키스를 했지요
파출소 앞에서 키스를 했지요
계단을 오르다 키스를 했지요
해질녘에 키스를 했지요.

바람

언제까지나 언제까지나 당신과 자고 싶어
내 바람은 그것뿐
이른 새벽에도 한낮에도 저녁 나절에도
침대에서 당신과 하나로 있고 싶어
비 내리는 날에도
바람 부는 날에도
감기 기운이 있는 날에도
배고픈 날에도
당신 곁에 늘 함께
내 세포 하나하나가 당신을 음미하고
당신 세포 하나하나가 나로 채워지고
온몸의 피가 뒤바뀔 때까지
체온마저 모두 빼앗을 때까지
발가락 하나 움직이면 안 된다고
당신이 말할 때까지
몸 하나 뒤척일 수 없다고

내가 말할 때까지
고개조차 들 수 없다고
당신이 말할 때까지
언제까지나 언제까지나 당신과 자고 싶어
당신 곁에서 하나가 되어 나이를 먹고 싶어
몇 번이든 몇 번이든 당신과 하고 싶어
지구가 질려서
자전과 공전을
멈출 때까지

비, 코카스파니엘, 3개월

오늘 아침, 비를 마당에 내놓아 보았어요.
처음에는 뒷걸음질을 하더니
잔디 위를 신기한 듯 걸어다니다가
시원하게 오줌을 싸더군요
떨어진 하얀 동백꽃잎을
유유자적 꿀꺽 먹어버려
나는 깜짝 놀랐어요
괜찮아요, 나는 개니까
비가 등으로 그런 말을 한 것 같았어요
그야 그렇지만
나는 그렇게 대답했지만 그래도 걱정스러웠어요
그거, 누구죠
비가 화단에 코를 처박은 자세로
불쑥 물었어요
당신이 종일 생각하고 있는 남자
함께 마당에 나갈 수 없는 남자는 없는 것이나 마찬가지죠

만질 수 없는 남자도 없는 것이나 마찬가지고요

그보다는 내가 훨씬 더 쓸모 있죠

비는 그렇게 말하고

건강한 똥을 하나 누었어요

레스토랑의 버터

레스토랑의 버터는 동그랗고
은그릇에 담겨 있었다
나는 그것을 바람직하게 여겼다
조금은 특별하게 느껴졌다
인생이란 그렇게 동그랗게
은그릇에 예쁘게 담겨
네 앞에 놓여지는 것이리고 착각하고 있었디
내가 원하기
전에 이미 눈앞에 있는 것이라고.

2월 5일

오늘은
행복하게 지내자고
결혼기념일이니까.
우리가 아직 함께란 것을
당신이
다행이라 여겨주면 좋겠는데.
가령 당신이 침묵하고
내가 울지 않게 되었어도
나는 당신의 부드러운 배와
긴 팔다리를 좋아해요
그러니까
당장은 아무 문제 없다는 척해요
우리 둘이서
오늘은

외출

외출복을 싫어했다
그것은 너무 서먹하고
차멀미의 공포를 떠올리게 하니까
엄마의 향수 냄새와
내 칭얼거림에 짜증난 아빠의
두 눈 사이 주름을 떠올리게 하니까
외출복을 싫어했다
찡그린 얼굴로 입었다
침울한 마음 냄새가 났다

배

당신은 체온이 참 높네
어깨를 깨물었더니
당신 머리카락이 드넓은 바다가 되었어

매끄러운 등
예쁘게 올라붙은 탄력 있는 엉덩이
당신 몸은 따스한 나무배 같아

배 위에서
나는 잠들고
나는 웃고

얼마나 멀리까지 데려가 줄 건데
아무도
아무것도

따라올 수 없을 만큼 먼 곳이겠지?

밧줄은

벌써 끊어버렸어

아직도 이어져 있을 것이라 생각해?

스위트홈

왜 나는 이곳에서 나가려 할까?
나는 이곳을 좋아하는데
핑크색이고

밖은 궂은 비
하지만
이 집 안에 있으면 안심
욕조에 몸을 담그고 책을 읽다 보면
개구리 울음소리도 들리고

왜 나는 이곳에서 나가려 할까?
나는 이곳을 좋아하는데
우리들 집이고

당신 인생 한 모퉁이에 나를

당신 인생 한 모퉁이에 나를
보기 좋게 껴맞추려 하지 말아요
나는 그곳에
맞춰지지 않아요
우리, 방랑자 아니었나요?
뒷수습이 어려운 가출한 여자와
대책 없는 가출한 남자 아니었나요?
살랑거리는 나뭇잎 아니었나요?
물소리 아니었나요?
짓무른 키위 하나 아니었나요?
달빛 얼어붙은 겨울 하늘 아니었나요?
허밍 아니었나요?
비 아니었나요?
바람의 신음 아니었나요?
모래사장의 모래 알갱이 아니었나요?
버터 바른 한 조각 토스트 아니었나요?

당신 인생 한 모퉁이에 나를
딱 껴맞추려 하지 말아요
나는 그곳에
맞춰지지 않아요

날들

한낮에
남편과 손잡고
슈퍼마켓에 갔지요
남편이 미는 카트에
과일과
우유와
화장지와
계란과
가쓰오부시와
명란젓과
생수와
소면을
담고 또 담으며
이거 다 먹기 전에
헤어지면 어떻게 하지
하고

수도 없이 생각하면서

벌써 6년이

지났군요

나는 아주 홀가분해요

유카타를 입기는 오랜만
나머지는 여생
이라고
생각하니까
나는 아주 홀가분해요
빨간 줄에 까만 나막신
갈 수 있는 데까지 가지요
라고
마음먹은 나는
지금은 아주 용감해요
여름밤은 어둠이 짙고
바람은 달콤하고
시원하고
좋은 냄새
곁에 있겠노라고
말해줘서 고마워요

하지만 당신은 이곳에 없으니까

나는 아주 홀가분해요

외길이 있었어요

해거름에
외길이 있었어요
그 밖에는 아무것도
없어요
사람도 아무도
보이지 않아요
해거름에
외길이 있었어요
적막한 기분으로
나는 그곳에
하얗고 도톰한 두 발로
혼자 서 있었어요
저물어가는 하늘과
눈앞에 나 있는 길을
그저 물끄러미
바라보았죠

걷는다는

생각이

간신히 날 때까지

바람 2

나는 숲으로 돌아가고 싶어
당신과 둘이 돌아가고 싶어
아무것도 필요 없어
맨발이라도 상관없어
나뭇가지도 돌도 가시도 모두 다
내 발바닥으로
짓밟아줄 거야
나는 숲으로 돌아가고 싶어
당신과 둘이 돌아가고 싶어

무제

어차피
백 년이 지나면
아무도 없어
너도 나도
그 사람도

다섯 시 종

다섯 시 종이 울리면

집에 돌아가야 했다

놀다가도

즐거워도

돌아가고 싶지 않아도

내 마음 어느 곳은

지금도 종소리를 기다리고 있다

아마 언제나

누구와 있어도

말이란 언제든 나를 용감하게 한다

간식 시간

흑설탕 듬뿍 발린 맛동산을 오도독 오도독 먹으면서
나는 이렇게 성장했다
부글부글 끓어오르는 연못처럼 뜨겁고 매끄러운
이끼 같은 녹색 차를 마시면서
나는 이렇게 건장해졌다
생각보다 딱딱하고, 생각보다 사르르 녹는
갓 구워낸 노릇을 먹으면서
입 주위에 보슬보슬 설탕을 묻히고
나는 이렇게 용감해졌다
무수한 날들의 간식을
무수한 날들의 기쁨을
깨물고 뜯고 빨고 맛보고 바라보고 핥고
씹고 즐기고 넘기면서
나는 이런 인간이 되었다

말이란 언제든 나를 용감하게 한다

전화를 걸어

난 외톨이라고

동생에게 말했더니

그게 뭐 어때서

라고 하기에

어떻다는 건 아니고

라고 나는 용감하게 대답했다

말이란

언제든 나를 용감하게 한다

이렇게 화창한 낮이라서

이렇게 화창한 낮이라서
빨래를 널면서
하늘에 당신 얼굴을 그려봅니다
과거에 내가 사랑한
과거에 타인의 사람이었던
그 남자의 옆얼굴입니다

빨래에서 아주 향긋한 냄새가 나니까
몇 가지 아주 사소한
가시 같은 사건은 잊기로 하지요
과거에 나를 사랑한
과거에 나를 원한다고 했던
그 남자가 아직 어딘가에 있다면

참 푸른 하늘이로군요
보세요 난

하늘에 당신 옆얼굴을 그릴 수 있어요

지금은

회사란 곳에 있을 나 따위는 기억도 못할

그 남자의 옆얼굴입니다

시간

시간은 적이다
시간이 흐르면 상처는 아문다
애써 안겨준
상처인데

시원한 메론

시원한 메론을 먹으면서
시원한 메론
차가운 입술
관능적인 기분이 드네요
했더니
당신은 놀라
허겁지겁 커피를 마셨지요
기분이라니까, 기분
당신과 나는 너무 다르군요
시원한 메론
차가운 입술
고요한 오후입니다

어린애 방 같은 침실에서

욕실에서 추리소설을 탐독하다가
날이 밝아 아래층으로 내려갔어요
아래층에는 남편이 있어
둘이서 커피를 마시고 크루아상을 먹었지요
어디 있었어, 라고 남편에게 물었더니
여기 있었지, 라고 대답하더군요
텔레비전을 보다가 잠이 들었다고요
왜 깨워주지 않았느냐고 해서
나는 책을 읽고 있었다고 대답했지요
그리고 우리는 잠시 침묵하고서
커피를 마시고 크루아상을 먹었지요
비가 내려 서늘하고
아직은 너무 이른 시간이라
우리는 침실에 들어가 잠을 청했어요
각기 다른 꿈을 꾸면서
그런데도 함께 곤히 잠들었어요

일요일 아침의 잠이었지요
벽에서 개구리 왕자님이 지켜보는
어린애 방 같은 침실에서

오싹 외로워지겠지요

비행기에서 내리니 비가 내리고 있어
그 비만으로도 나는 오싹 외로워졌어요
그것은 얼음비였습니다
주머니를 뒤져 손에 쥔 동전을
운전사 아저씨에게 집어가라고 했습니다
나는 은색 봉을 잡고 서서
내릴 곳을 지나치지 않도록
눈에 힘을 주고 있었지요
해질녘의 거리는 젖어 있었습니다
나는 이미 어린애가 아닌데
어린애처럼 오도카니
흔들리는 버스에 서 있었지요

호텔의 바는 훈훈하고
그 훈훈함만으로도 나는
울고 싶어졌습니다

안심할 것 같았습니다
카운터 구석에 앉아 있는 저 남자가
당신이었다면 얼마나 좋을까요
핫 버터드 럼에서 피어오르는 김
나는 이미 어린애가 아니니까
술을 마셔도 상관없어요
이제 방으로 돌아가 짐을 풀기로 하지요
뜨거운 물을 받아 목욕도 하지요
내일 아침 눈을 뜨면
또 오싹
새로운 외로움이 밀려오겠지요

팔미라에서

사막 한가운데서
흑설탕 맛이 나는 맥주를 마셨더니
나는 도마뱀이 되었습니다
조그만 네 발바닥으로
사막 위를 스륵스륵 달리는
엷은 갈색
메마르고 야윈 도마뱀이었습니다
사방을 돌아보아도 당신이 없어
할 수 없이 나는 혼자 스륵스륵 달려
그늘진 곳에 몸을 웅크리고 꼼짝하지 않았습니다
모래와 같은 색이라서
아무도 알아보지 못하죠
바람만이 보았을 거예요
나는 아마
그곳에는 이제 돌아가지 않을 거예요

친구의 목소리

어두컴컴한 서재에서
친구의 목소리가 듣고 싶어
딱딱한 비스킷을 아작거리며
기다리고 있습니다
남자든
여자든
옛 친구든
새 친구든
누구든 나를 떠올려주지는 않을까 하고
지금 생각해주지는 않을까 하고
인상을 찌푸리고
기다리고 있습니다

나는 박쥐가 되어

나는
박쥐가 되어 밤의 숲에 살고 싶어
박쥐는 애교가 많게 생겼는데, 알고 있었어?
나는
박쥐가 되면 포도만 먹고 살 거야
청포도가 아니라 짙은 보라색 포도
가느다란 다리로
나뭇가지에 거꾸로 매달려
그 모습으로 사색에 빠질 거야
사랑 따위는 절대 하지 않겠어
깊은 밤에는 훨훨 날아다니고
달 밝은 밤에는 안심하고 잠들지
나는
박쥐가 되어 밤의 숲에 살고 싶어
박쥐는 똑똑하다는 거, 알고 있었어?

여자 셋이, 테이블에서

립스틱 색이 어울리는지
집을 나서기 전 몇 번이나 확인하고
여자 셋이 테이블에서
웃으며 먹고
웃으며 마시고
이렇게 만나는 거 오랜만이지
정말 오랜만이네
빨간 포도주를 두 잔 마셨을 뿐인데
자신의 목소리가 커지지는 않았을까
걱정하면서
얘, 우리들 아줌마로 보일까
글쎄, 아마 그렇겠지
손가락에서는 반지가 반짝거리고
갖가지 향수 냄새가 둥실
얘, 우리들 옷 입는 감각이 서로 다른가 보다
고양이 같은 여자와

수목 같은 여자와
파인애플 같은 여자와
이거 맛있네
이것도 맛있어
그런데 말이야, 사실은 나
남자 없는 데서
밥 먹는 거 싫어하거든

내게 설교 따위는 집어치워

내게 설교 따위는 집어치워
설교는 딱 질색이야
나는 그저
나비를 가까이서 보고 싶었을 뿐
아침 이슬에 젖은 풀을
맨발로 밟고 싶었을 뿐
태양의 냄새를 맡고 싶었을 뿐
바람을 만져보고 싶었을 뿐
밖에서
그리고 내 몸으로

내게 설교 따위는 집어치워
이렇게 날씨가 좋으니까
이렇게 행복하니까
정말
내 안에는

터져나갈 듯 야만스런 아이가 살고 있어

내게 설교 따위는 집어치워

설교는 딱 질색이야

나는 1933년에 태어난 사람이니, 에쿠니 가오리 씨는 나보다 서른 살 이상이나 젊은 시인입니다. 2000년에 출간된 『문예별책, 마음의 시집』이란 시집에서 처음 에쿠니 씨의 시를 읽었을 때, 깊은 인상을 받았습니다. 「아빠에게」란 시였는데, 충격적이거나 감동적인 것은 아니었지요.

아빠의 죽음을 노래하면서, 슬픔에 겨워 눈이 새빨갛게 부어오르도록 울었다는 표현 혹은 부모의 죽음을 냉철하게 바라보는 태도에 대한 표현은 어디에도 없었습니다. 슬픔을 느끼고 표현하는 방식이 젊은 사람답게 기존의 상식이나 관례에서 벗어나 있고, 감회를 솔직하게 나타내고 있었습니다.

일반적으로 현대인이 죽음을 맞는 장소는 가족과 집에서 멀리 떨어진, 하얗고 네모날 뿐 아무 멋대가리 없는 병원입니다. 죽음에 다다른 환자의 가족이 할 수 있는 최선의 간호란 환자를 병원에 맡기는 일뿐이죠. 상태가 점차 악화되리라는 것을 알면서도 저녁때가 되면 환자를 홀로 놔두고 집으로 돌아갈 수밖에 없습니다.

감정의 흔들림을 억제하고 남편과의 일상이 기다리는 밤을 맞으면 '나는 남자의 품에 안겨 있었어요' 가 됩니다.

그 다음, 아빠는 돌아가시고 뒤에 남은 찻잔. 인간은 살아 있는 동안은 분주하게 움직이다가 어느 날 훌쩍 떠나가버리는데, 찻잔은 움직이지 않지요. 누군가가 치우지 않는 한, 계속.

지금 당신의 찻잔은 여기 있는데
당신은 어디에도 없군요

이런 표현에서 드러나는 공허함, 상실감은 적확하기 이를 데 없습니다.

또 현실에서는 하지 못한 말을 하는 부분도 솔직해서 좋더군요. 하루든, 한 시간이든 생명을 연장시키는 것이 인간의 도리라는 일반적인 사고와 풍조 속에서, 할 수 있는 일은 다 했다는 자기만족과 환자가 죽는 순간까지 치료를 거부하기 어려운 의사에 대한 조심스러움, 그 배후에 있는 환자의 고생을 허망하게 여기는 복잡한 심리를 보여줍니다. '이제 그만 길을 떠나도 좋다' 고 말하기는 좀처럼 쉬운 일이 아니니까요.

에쿠니 씨 역시 그렇게 말하고 싶었지만 그러지 못했지요. 그래서 위아래로 한 줄씩 비어 있는 '미안해요'에 만감이 담기고, 그것이 읽는 이의 마음을 더욱 울리는 것이겠지요.

이 나이가 되고 보니 때로 이런 생각을 합니다. '내가 죽을 때 우리 딸은 무슨 생각을 할까?' 그러다 에쿠니 가오리 씨가 부녀관계를 비롯해 인간관계를 어떻게 파악하고 있을지 궁금해서 급기야 주문한 시집이 『제비꽃 설탕 절임』이었습니다. 나는 에쿠니 씨 시집 하나 놓여 있는 서점이 없는 벽촌에 살고 있으니까요.

『제비꽃 설탕 절임』은 읽는 묘미가 쏠쏠한 시집이었습니다.

발랄하고 상큼한 문체로 인간과 인간 사이의 절묘한 거리감, 은밀한 비밀들을 얼굴 하나 붉히지 않고 털어놓는 부분이 매우 흥미로워, 젊음이란 참 좋은 것이로구나 하는 생각이 절로 들었습니다.

단도직입적이고, 맨몸으로 승부하려는 발랄함도 매력적이었습니다.

「단련된 몸」, 「MAGIC」, 「바람」을 읽으면서는 다소는 난감하고 다소는 부러웠습니다.

단행본 『제비꽃 설탕 절임』에 12편의 시를 새로 실어 71편
의 시로 꾸민 이 소담스런 꽃다발에서 두세 편을 골라 칭찬
해본들 '해설' 구실은 못할 테지만, 몇 작품을 들어보지요.

「따분함」.

어떤가요, 이 시? 어렸을 적 추억입니다. 예민한 감수성과
조금은 내성적인 여자아이의 모습이 그려져 있습니다. 담벼
락에 기대어 부전나비와 도마뱀에게만 마음을 조금 열어놓
고 나머지 모두에게는 등을 돌린 소녀. 그녀는 이미 삶의 외
로움을, 그 진실을 명확하게 알고 있습니다. 그 외로움을 그
저 한탄하는 것이 아니지요. 이 시의 제목은 「따분함」입니
다. 굉장합니다.

꼬맹이였다

건방졌다

늘 눈만은 크게 뜨고서

모든 것을 보리라고

생각했다

그렇게 마음을 다잡고 어린 자신을 둘러싸고 있는 세상을

두 눈 똑바로 뜨고서 날카로운 시선으로 바라보았다고 하니까, 에쿠니 씨는 애당초 여간내기가 아니었나 봅니다.

이제 「커밍 홈」을 읽어보죠.

'놀다 지친 몸'으로 집으로 돌아간다고 하는 걸 보면 「따분함」보다 많이 성장했을 때이겠죠. 고등학생쯤일까요? 택시를 타고 돌아가는 걸 봐서는 대학생? 이거 연애를 뜻하는 것일까요? 아니면 유사 연애? 실컷 놀다 돌아가는 길인데도 가슴속은 텅 비어 있다는 표현, 정말 에쿠니 씨답군요. 이 시에서도 느끼듯, 「미끄럼틀님」이란 시를 통해서도 그녀는 유복한 어린 시절을 보냈으리라 짐작되지만, 어린 시절에 깨달은 인생의 허망함을 가슴속에 줄곧 품고 성장했으리라는 느낌이 듭니다. 「주전자」라는 시가 있습니다. 이 시에서 주전자는 집을 상징합니다. 주전자가 있고, 아빠와 엄마가 있고, 평화가 있는 집, 그리고 '행복하다 해도 좋은데'라고 하는군요. 역시 에쿠니 씨는 행복하게 자랐나 봅니다. 그런데도 집이란 불가사의하다고 느끼고 있군요.

그리고 좀 더 어른이 되어서 쓴 시로 보이는 「누가 그 사람에게」, 「깊은 밤 당신은 그곳에 있고」, 「나는 립크림이 되어」 등의 연애시를 읽어보지요.

이 세 편의 시에서 구가되는 연애는 진정한 연애로군요.

하지만 불륜입니다(불륜이 좋으니 나쁘니 하는 것은 이 허망한 세상의 부질없는 약속에 지나지 않지요).

「누가 그 사람에게」에서는 빼앗기 쉬운 부분뿐만 아니라 내 몸속 한가운데 있는 여자의 속내까지 빼앗으라고 노래하고, 「깊은 밤 당신은 그곳에 있고」에서는 만남조차 여의치 않은 애달픔을 호소하고 있습니다. 「나는 립크림이 되어」에서는 당신 아내로부터 당신을 지키고 싶다고 하는군요. 세 편 모두 격렬한 연정을 쏟아놓고 있습니다.

이 시집의 모든 페이지에서 결국은 '그 누구의 것도 아니었던 나 ― 에쿠니 가오리'가 분방하게, 쏘아올린 폭죽처럼 탁탁 불꽃을 터뜨리고 있습니다

「그 누구의 것도 아니었던 나」는 마치 서시처럼 시집의 권두에 자리하고 있는 짧은 시인데, 결국 에쿠니 가오리 씨는 그 누구의 것도 될 수 없었고, 그리고 되지 않았던 것이 아닐까 생각합니다.

「나는 아주 홀가분해요」란 시를 보지요.

곁에 있겠노라고
말해줘서 고마워요
하지만 당신은 이곳에 없으니까

나는 아주 홀가분해요

에쿠니 가오리 씨는 이런 식으로 노래합니다.
「나는 박쥐가 되어」에서는

사랑 따위는 절대 하지 않겠어
깊은 밤에는 훨훨 날아다니고
달 밝은 밤에는 안심하고 잠들지
나는
박쥐가 되어 밤의 숲에 살고 싶어

라고 하는군요.
역시 에쿠니 가오리 씨는 연인이나 가족, 세상과 융합하지
못하는 구석이 있나 봅니다. 그녀의 내면에는 도무지 밖으로
나가려 하지 않는 동거인이, 어린 시절부터 함께 살고 있는
것이겠지요.

그리고 결론.
「무제」입니다.

어차피
백 년이 지나면
아무도 없어
너도 나도
그 사람도

이 시는 맨 처음에 인용했던 「아빠에게」란 시에서 '저도 곧 갈게요./ 지금은 아니지만.' 이란 구절과 호응하면서 절묘한 울림으로 다가옵니다.

어린 시절부터 '달콤한 허무주의자'였던 에쿠니 가오리 씨의 스타일이 말할 수 없이 좋습니다.

마치다 다카시
동인지 『고마고개』 편집인

역자 후기

    평소와 다르지 않은 일상인데, 불현듯 아주 시적인 순간이 찾아올 때가 있다.

    찌뿌듯한 하늘, 불을 켜지 않으면 어두컴컴한 실내에 혼자 있을 때.

    길을 걷다 스산한 바람 불어, 살아 있는 그림처럼 살랑살랑 떨어지는 낙엽을 볼 때.

    창문을 굳게 닫은 골방, 마주하고 앉은 컴퓨터 화면에서 커서만 깜박일 때.

    더러는 화창한 대낮, 하늘에 떠 있는 구름이 꼼짝도 하지 않는 것처럼 보일 때.

    모두가 숨 쉬고 흐르고 있는데, 시간과 함께 모든 움직임이 멈추고 소리까지 멀어져 세상과 뚝 떨어진 외톨이 될 때.

    그런 때면, 유독 의식이 맑아지고 머리 안 공간이 넓어지면서 잊고 있었던 오래전 일들이 되살아나고, 묻어두었던 가슴 아팠던 기억들이 쓰윽 고개를 쳐든다. 감각마저 예민해져 혼자 울고 혼자 웃고, 여느 때는 뒤죽박죽 혼란스러웠던 언어도 조르륵 제자리를 찾는다.

그러다 문득 떠오른 명료한 단어 하나, 문장 하나는 단어와 문장을 넘어 한없는 지평을 품고 있다. 그리고 그 단어와 문장이 리듬을 타면 시가 된다.

시가 태어날 수 있는 순간은, 언제든 누구에게나 있다.

갈고 닦아 정제된 언어가 아니더라도, 숨죽이고 고뇌하며 뱉어낸 언어가 아니더라도, 그 언어로 환기되고 깨우쳐질 수 있는 풍경과 정서와 깊은 함의가 있다면, 그것은 시라 할 수 있지 않을까?

우리가 『제비꽃 설탕 절임』에서 만날 수 있는 시어들은 어쩌면 이렇게, 작가의 일상에 문득문득 찾아든 시적인 순간에 태어난, 소설과는 또 다른 하나의 세계가 아닐까 한다.

2009년 음울한 초겨울 김난주

すみれの花の砂糖づけ
제비꽃 설탕 절임

Copyright©1999 by Kaori Ekuni
This edition first published in Japan in 2002 under the title
"SUMIRE NO HANA NO SATÔ-ZUKE" by SHINCHOSHA
Publishing Co., Ltd.
Korean translation rights arranged with Kaori Ekuni
through Japan Foreign-Rights Centre & Imprima Korea Agency.

제비꽃 설탕 절임

펴낸날 | 2009년 12월 16일 초판 1쇄
        2009년 12월 24일 초판 2쇄

지은이 | 에쿠니 가오리
옮긴이 | 김난주
펴낸이 | 이태권
펴낸곳 | (주)태일소담
        서울시 성북구 성북동 178-2 (우)136-020
        전화 | 745-8566~7 팩스 | 747-3238
        e-mail | sodam@dreamsodam.co.kr
        등록번호 | 제2-42호(1979년 11월 14일)
        홈페이지 | www.dreamsodam.co.kr

ISBN 978-89-7381-561-6 03830

- 책 가격은 뒤표지에 있습니다.
- 잘못된 책은 구입하신 곳에서 교환해드립니다.